鬥嘴一班 ㉑
誰的本領大?

卓瑩 著

新雅文化事業有限公司
www.sunya.com.hk

目錄

第一章　虎父無犬子　6

第二章　獨門秘笈　22

第三章　陰差陽錯　36

第四章　失而復得　48

第五章　眾星拱月　56

第六章　千夫所指　66

第七章　角色扮演　74

第八章　故事劇場開鑼了　86

第九章　一鳴驚人　96

第十章　老師也瘋狂　108

第十一章　天衣無縫　120

第十二章　最佳拍檔　132

人物介紹

高立民

班裏的高材生，為人熱心、孝順，身高是他的致命傷。

文樂心 （小辮子）

開朗熱情，好奇心強，但有點粗心大意，經常烏龍百出。

江小柔

文靜溫柔，善解人意，非常擅長繪畫。

胡直

籃球隊隊員，運動健將，只是學習成績總是不太好。

黃子祺

為人多嘴，愛搞怪，是讓人又愛又恨的搗蛋鬼。

周志明

個性機靈，觀察力強，但為人調皮，容易闖禍。

（珠珠）

個性豁達單純，是班裏的開心果，吃是她最愛的事。

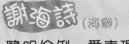（海獅）

聰明伶俐，愛表現自己，是個好勝心強的小女皇。

第一章　虎父無犬子

傍晚時分，辛勞了一整天的太陽，披着一條橘黃色的薄紗巾，疲累地倚在窗前，探頭看進屋內，只見黃子祺正難得地端坐在沙發前，專心一

意地看着電視屏幕。

電視正在播放着新聞報道的片頭，黃子祺一見，立刻緊張地大聲喊道：「媽媽你快來，爸爸要出場了！」

「大驚小怪幹什麼？你爸爸以前當記者的時候，不是也時常有現場直播的報道嗎？今天沒看到就明天看好了，反正往後機會多着呢！」黃媽媽說得滿不在乎，雙腳卻沒閒着，眨眼間便從睡房走了出來。

新聞報道正式開始了。

平日熟悉不過的爸爸，穿着筆挺的西裝出現在電視屏幕上，黃子祺感到有一種既親切又陌生的複雜感覺，一雙眼睛牢牢地盯着屏幕，一秒鐘也不想錯過。

黃媽媽看見他這個樣子感到很有

趣，微笑着説：「看你這股認真勁兒，不知情的還真以為你愛上看新聞報道了呢！」

黃子祺驕傲地昂起了臉，理直氣壯地笑説：「今天是爸爸第一次當新聞主播，我當然要捧場啦！」

面對着鏡頭的黃爸爸神色自若，字正腔圓地向大家講述着一則又一則新聞，黃子祺不禁佩服得五體投地。

「如果我也能像爸爸一樣出色就好了！」只不過一瞬間，爸爸在他心目中的地位，已躍升至偶像級別。

隔天回到學校，高立民、文樂

心、江小柔等同學一見到他，都七嘴八舌地嚷着說：「黃子祺，我們昨天在電視上看到黃爸爸當主播啊，真是太厲害了！」、「原來他上鏡也挺帥啊！」

聽到同學們對爸爸讚不絕口，黃子祺難掩得意的表情，昂起鼻頭自豪地回答道：「這個當然，有其『子』必有其『父』嘛！」

有其『子』必有其『父』嘛！

　　高立民受不了他這副趾高氣揚的樣子，輕哼一聲道：「別自誇了，他

是他，你是你，怎麼能相提並論？」

　　黃子祺也不甘示弱地立刻反駁
道：「我是他的兒子，繼承他的優良
基因是最自然不過的事，不是嗎？」

　　謝海詩托了托眼鏡，仔細地打量
了他一眼，嘻嘻笑道：「看你這麼伶

牙俐齒，説不定真有當主持人的潛質啊！」

周志明也笑着插嘴：「既然有天賦，那千萬不能埋沒，快展露給大家看看嘛！」

黃子祺顯然只是隨口一説，沒想到大家會如此認真，只好裝模作樣地聳了聳肩，乾笑一聲道：「嘿嘿，只可惜我還是個學生，哪有機會當主持人呀！」

周志明似乎還想説什麼，徐老師卻剛好走進來，打斷了他們的對話。

這天早上的圖書課，徐老師捧着

一本厚厚的圖書，
興致勃勃地向大家
推介道：「今天我
要為大家介紹的
書，是被譽為中國
古典四大名著之一
的《西遊記》。你
們有誰知道《西遊
記》是一本怎麼樣
的書？」

　　最喜歡看書的
謝海詩毫不猶疑地
舉手道：「《西遊

記》是一本古典長篇小說，內容是講述高僧唐三藏、孫悟空、豬八戒和沙悟淨四師徒，在前往西天取經途中，遇上許多妖魔鬼怪的歷險故事。」

「正確！」徐老師笑着點點頭，「在眾多的情節當中，你們最喜歡哪一段？」

高立民不假思索地道：「我覺得孫悟空大鬧天宮那一段最有趣！」

文樂心搖搖頭，跟他大唱反調地道：「這樣的孫悟空太驕傲了！」

吳慧珠目光發亮地說：「我倒覺得他既正義又能幹，是全書最具魅力的角色呢！」

胡直抿着嘴，一臉嫌棄地道：「我最討厭唐三藏，既膽小又嘮叨！」

江小柔思考着道：「嗯，我反而挺欣賞他對取經那份堅定不移的決心！」

「沒想到你們在閱讀方面都挺

有心得啊！」徐老師欣賞地點點頭，「藍天電視台有一個閱讀節目正在招募主持人，你們如果有興趣，可到校務處索取報名表啊！」

「咦？」馮家偉想起什麼似的托一托眼鏡，「黃子祺，你剛才不是說想當主持人嗎？現在機會來了！」

同學們也紛紛鼓勵道：「對啊，這是千載難逢的機會呢！」

周志明見黃子祺似乎有些猶疑，於是很仗義地拍一拍胸口道：「怕什麼？『虎父無犬子』嘛，最多我陪你一起參加！」

「太好了！」吳慧珠比他們更興奮，立刻熱心地說：「今天輪到我當班長，我幫你們去拿報名表！」

黃子祺雖然從未當過主持，但在大家一致看好下，也不由地有點飄飄然，好像覺得自己真的具備主持人的天賦，於是衝口而出地說：「好，你們等着看我的節目吧！」

第二章　獨門秘笈

一個多星期後，負責管理藍天電視台的鍾老師，通知所有參加者於星期五的午飯時段，進行第一次的集會。

很不巧的是，黃子祺當天偏偏患上重感冒，只能臥病在家，錯過了第一次的集會。

幸好周志明也是參加者之一，當黃子祺病癒後，便第一時間拉着他查問：「怎樣？鍾老師跟你們說了什麼？」

「其實也沒什麼嘛！」周志明漫不經意地擺一擺手，「他打算製作一

個以閱讀為主題的節目，所以公開招募節目主持人。不過，由於參加人數比預期多，為了公平起見，他決定舉行一個選拔賽。」

「選拔賽？這就不好應付了！」黃子祺皺起眉頭。

周志明歎息一聲道：「這還不止，鍾老師還定下了比賽規則呢！」

黃子祺趕緊追問：「什麼規則？」

「鍾老師要我們以『鉛筆』為題，作五分鐘的演說，並規定在整個演說當中，都不能提及『鉛筆』二字！」周志明唉聲歎氣，一臉無奈地

說：「一枝平凡不過的鉛筆，哪有什麼值得推介？鍾老師分明是有意為難我們嘛！」

黃子祺雖然也聽得頭皮一陣發麻，但他仍然信心十足地擺一擺手，語氣篤定地說：「放心啦，我們雖然沒經驗，但我勝在家中有一位經驗豐富的軍師啊！」

周志明立刻轉憂為喜，「對啊，有你在我就

安心了！」

　　當天放學回家後，黃子祺恨不得馬上請教爸爸，可惜礙於爸爸的工作日夜顛倒，能跟爸爸碰面可真不容易。

　　直到周末的下午，爸爸放假在家，他才有機會拉着爸爸，把滿腦子的問題，全部扔給爸爸。

「哎喲！難得我兒子如此好學，當爸爸的我自當傾囊相授啦！」黃爸爸滿心歡喜。

待黃子祺說明了比賽詳情後，黃爸爸欣慰地笑着說：「首先，我很欣賞你的勇氣！不過我得忠告你，要成為一位出色的主持人，絕對不是容易的事。除了必須具備天賦外，最重要還是要靠自身的努力，一點一滴地累積經驗，可不是一朝一夕能做得好。」

「什麼？那我豈不是毫無勝算嗎？」黃子祺失望極了。

「這倒未必！」黃爸爸自信地一

笑，「以我多年來的工作經驗，自然積累了不少面對鏡頭時的小秘訣，譬如怎麼在出場前放鬆緊張的心情、怎樣在說話時保持氣定神閒等。只要你能掌握當中的竅門，用以應付這場小小的比賽，絕對是綽綽有餘的。」

有爸爸這句話，黃子祺立即鬥志高昂，「爸爸好厲害啊！」，馬上跑去拿筆和紙，乖巧地坐在爸爸旁邊，把爸爸所說的每句話，一字不漏地記錄下來。

經過爸爸的悉心指導後，黃子祺對於節目主持人的工作，總算有了初

步的了解，信心也大為增強，並開始
着手撰寫演講稿。

　　第二天，黃子祺剛踏入教室，得
知他身懷「絕技」的周志明，立刻上
前討好地笑說：「怎麼樣？你一定已
經從爸爸身上學到不少絕招了吧？快

教教我啊！」

　　黃子祺揚一揚眉，半認真半開玩

笑地說：「這些是我爸爸的獨門秘技，

可不方便外傳啊！」

周志明連忙笑
道：「別這麼吝嗇
嘛！對於如何當主
持，我實在一點概
念也沒有，你就行行好，稍微透露一
招半式吧！」

旁邊的高立民聞言，立刻舉手問

道：「雖然我沒參賽，但我也想知道，可以嗎？」

文樂心和江小柔也趕緊湊上前道：「別忘了加上我們啊！」

「我們是好同學，應該互相分享啊！」吳慧珠、謝海詩、胡直和馮家偉等人也趕忙湊過來。

黃子祺見大家反應如此熱烈，心中甚是得意，「好吧，那我就稍微透露一點點，至於能否領略當中的竅門，就要各憑本領了！」

他接着便把爸爸教他的話，原原本本地告訴大家。說得興起時，他

還乾脆走上台前，把自己比賽的演講稿，配上誇張的表情和動作，添油加醋地即席演練起來。

大夥兒的臉上，都流露出無比欽佩的眼神，「看來這個主持之位，必定非你莫屬了！」

黃子祺對於這些稱讚的說話，自然是統統接受，求勝之心也就越來越熾熱，每天捧着講稿站在鏡子前反覆背誦，還自言自語地笑道：「有爸爸的獨門秘笈，再加上這份完美的講稿，我還不打遍天下無敵手？嘿嘿！」

選拔賽舉行當天，黃子祺和周志明匆匆用膳完畢後，便馬不停蹄地趕到禮堂，預備參加比賽。

為了表示支持，高立民、胡直、文樂心和江小柔等同學們，都一起前來替他們打氣。

黃子祺、周志明和其他參賽者一樣，都按照出場次序，站在舞台右側的台階上等候着。

比賽正式開始了，第一位參賽者走到舞台中央，從鍾老師手中抽出一

張紙卡。

他只看了紙卡一眼，便揚起雙手，表情十足地開始演說起來：「它長有一張方方正正的臉孔和四條粗壯的長腿，雖然外貌不是十分出眾，身體卻結實得很，讓人安心地依靠它。它不愛走路，只愛安靜地蹲在一旁，靜聽別人閒話家常。」

站在旁邊輪候着的黃子祺，越聽越覺得不對勁，忍不住喃喃自語道：「奇怪！他到底在介紹什麼？怎麼一點也不像在介紹鉛筆啊？」

站在他前面的女生回頭看了他一

眼，笑着説：「不是吧？你連這麼簡單的描述也猜不出來嗎？他説的分明就是椅子，怎麼會是鉛筆呢？」

　黃子祺頓時一驚，「比賽題目不是『鉛筆』嗎？」

那女生指了指鍾老師手上的那疊紙卡，笑着說：「『鉛筆』只是其中一道題，但最終會以什麼題目出賽，還得看你自己的運氣啊！」

「不是吧？」黃子祺的臉色霎時變白。

他一直以為選拔賽的題目是「鉛筆」，花了許多心思去構思演講稿，還千方百計說服爸爸為他的講稿作最後把關，以為這樣便必定十拿九穩。

他怎麼也沒料到，原來「鉛筆」只是比賽題目之一。最可笑的是，他甚至連比賽總共有多少個題目，也完

全不知。

黃子祺霎時方寸大亂，回頭瞪了周志明一眼，低聲地埋怨道：「你怎麼搞的？居然連比賽題目也能弄錯！」

周志明也一臉惘然，只好抱歉地吐一吐舌頭，「對不起啦，我也不知道自己為什麼會弄錯啊！」

黃子祺雖然很生氣，但此時此刻，再怪責周志明也於事無補，只好

祈求上天賜他一點好運氣，希望能剛好抽中「鉛筆」那道題。

　　可惜幸運之神並未有眷顧他，當他從鍾老師手中抽出題目卡一看，只見上面寫着「信封」二字時，不禁低頭暗歎一聲：「唉，我運氣真的太差了！」

　　毫無準備的他，腦海中一片空白，卻又不能就此放棄，只好硬着頭皮走到台前，結結巴巴地說：「嗯，

它……是一張紙，被摺成大小不一的四方形，我們可以把寫滿心事的紙張放入信封，然後……」

他說到此處，在場的所有人，包括其他參賽者及台

下圍觀的同學，都忍不住「咔咔咔」地笑出聲來。

　　同樣站在台下觀看着的胡直，一臉疑惑地問：「大家都在笑什麼？」

高立民搖搖頭歎道：「黃子祺犯了很大的錯誤，比賽是規定講者不能把題目直接說出來的！」

江小柔憂心地問：「這樣會影響他的參賽資格嗎？」

「很難說啊！」高立民搖搖頭，「不過，即使他沒有被取消資格，得

分想必也不會高了。」

　　「哎呀，太可惜了，黃子祺的表現其實很不錯的！」文樂心很替他感到惋惜。

　　結果不出大家所料，節目主持人的位置，最終落在鄰班的張佩兒手上。

　　站在參賽者中的黃子祺，斜眼望

着舞台上的張佩兒。

　　看到她那張春風得意的笑臉，他
便不由地生出一股不滿的情緒，忍不

住低聲咕嚕：「哼，有什麼了不起嘛？要不是周志明搞錯了參賽題目，害得我臨場失準，這個主持人之位，哪兒輪得到她啊？」

第四章　失而復得

選拔賽的結果已塵埃落定，黃子祺、周志明和一眾參賽者，都各懷心事地沿着台階往下走。

走着走着，忽然聽到同樣是參賽者的張浩生和許立德，圍着獲獎的張佩兒，得意地在自吹自擂：「我就説嘛，我們班就是不同凡響，只要我們一出手，獎項還不是手到拿來？」

張佩兒被他們吹捧得紅了臉，慌忙擺着手制止道：「你們千萬別這麼説，參加者們的實力其實都是旗鼓相

當的啊！」

張浩生把頭昂得很高，故意提高聲浪說：「怕什麼？精彩就是精彩，這是老師們也認同的事實。倒是那些既不自量力又準備得不夠充分的傢

伙，隨便胡言亂語一番便想獲獎，真是異想天開！」

許立德有意無意地看了黃子祺一眼，笑嘻嘻地說：「對對對，我們張佩兒才是最真材實料啊！」

聽到他們你一言我一語地在嘲笑自己，黃子祺怒火中燒，很想立即反唇相譏，但自己的確是輸了，擔心會反被奚落一番，只好把滿腔的怒火，轉而發到周志明身上。

他兇巴巴地瞪着周志明，罵道：「你看，就是因為你，害得我不但失落當主持人的機會，還在眾目睽睽之

下出醜！」

「對不起啦，我真的不是故意的！」周志明自知理虧，急忙討好他，「你別生氣嘛，最多我把我最寶貝的陀螺借你玩一個月，好不好？」

這時，專程來為他們打氣的高立民和文樂心等人，也趕忙上前安慰，「黃子祺你別灰心，其實你已經做得很好，將來一定還有機會的！」

黃子祺心裏仍然忿忿不平，但為了挽回面子，只好故作瀟灑地擺一擺手道：「沒事，反正我也只是一時興起才參加，不行也就罷了！」

他剛說完這句話，卻聽得台上的鍾老師說：「我們舉辦這次的選拔賽，除了為『閱讀嘉年華』選出小主持外，亦希望能招募一羣熱愛節目製作的同學。」

鍾老師環視着各位參賽者，微笑地說：「所以，無論你們能不能獲獎，我都誠邀你們一同參與『閱讀嘉年華』的製作工作，希望可以共同為

藍天電視台出一分力。」

　　原本垂頭喪氣的落選者，頓時都喜出望外，高聲歡呼道：「沒想到我們即使落選，也能參與製作，太好了！」就連周志明、張浩生和許立德，也忍不住興奮地拍起掌來。

只有黃子祺翻了翻白眼，一臉不屑地輕哼一聲，「誰稀罕了？」

就在這時，鍾老師忽然走過來對他說：「雖然剛才你不小心犯規了，但表現其實尚算不錯，我想請你跟張佩兒一起搭檔當主持人，好嗎？」

黃子祺一愕。

鍾老師請我跟張佩兒搭檔，是不是意味着我跟她同樣都是主持人？如果是這樣，那麼我有沒有獲勝，根本就沒差別吧？

想到這裏，黃子祺馬上答應道：「好的，沒問題！」

第五章　眾星拱月

　　數天後的一個中午，鍾老師召集大家到錄影室，為「閱讀嘉年華」節目的籌備工作，進行第一次的集會。

　　黃子祺緊張極了，只胡亂吃了幾口飯，便拉着周志明，匆匆地趕往錄影室。

　　當他們來到錄影室的時候，鍾老師正開始向大家解説道：「我們這個節目，主要是以介紹圖書為主，所以每集都會邀請不同的同學或老師作嘉賓。我會按你們的能力分配到不同的

藍天校園電視台

崗位，有負責主持、拍攝、剪輯及資料搜集等等，總之大家各司其職，務求製作出精彩的節目！」

鍾老師邊說邊把第一集的講稿分派給所有人，吩咐大家回家後要把講稿熟讀，以便配合日後的拍攝工作。

黃子祺接過講稿後，便迫不及待地翻閱起來。

他一看講稿，才發現主持人原來並非只有他和張佩兒，還有其他好幾位同學。

然而，當中大部分的對白都只集中在張佩兒身上，其他人，包括黃子

祺，對白都只有寥寥數句。

他的心馬上一沉。怎麼會這樣呢？難道自己看走眼了？於是他又再認真地把整份講稿反覆地細閱了好幾遍，但無論他重看多少遍，結果仍然是一樣。

「不是吧？鍾老師把我們找來，就是為了要我們有如眾星拱月般圍着張佩兒轉嗎？」黃子祺感到難以置信，一股怒氣迅速地往上湧，他的臉頰一下子變得火紅。

　　正當他忍不住要發洩時，鍾老師
剛好帶着張佩兒、周志明及兩位同學
走過來，認真地吩咐道：「你們先練
習一下，待回家熟讀講稿後，便可以
正式進行拍攝，加油啊！」

　　黃子祺正想向鍾老師提出抗議，

鍾老師卻已像旋風一般跑到別組去了。

黃子祺無可奈何，只好忿忿不平地瞪了張佩兒一眼，心裏想：「她無非就是靠討好的外表而已，若要論真本事，我絕對不會比她遜色！」

張佩兒自然不曉得他的心思，見他呆呆地盯着自己，只以為他是害羞，於是主動對他友善地一笑，指着錄影室門外的走廊道：「這兒人聲嘈雜，不如我們到外面，找一個比較清靜的地方練習好嗎？」

其實張佩兒並無惡意，但黃子祺聽着卻覺得她是在指使大家，頓時臉

露不悅，冷笑一聲道：「我倒覺得這兒挺好的，外面人來人往，反而會更難集中！」

他剛說罷，也不管旁人怎麼反應，便一屁股坐在旁邊的椅子上去。

其餘幾位同學不知所措，一時間也不知該聽誰的話。

旁邊的周志明，用手肘碰了碰黃子祺，疑惑地小聲問：「怎麼回事了？怎麼你好像故意要跟大家過不去似的？」

張佩兒雖然也感到黃子祺的態度不太友善，但她並沒有反擊，反而跟着坐了下來，不以為意地笑道：「他說得也對，那麼我們就在這兒對稿吧！」

黃子祺見她不但不反駁，還順應了他的意思，不禁感到既疑惑又意外，但他仍然不領情，口中呢喃道：「就只有幾句對白，對與不對也沒分別嘛！」

一切已成定局，黃子祺縱有千萬個不甘，也是無可奈何。

然而，每次跟節目組員進行排練時，他的臉孔總是繃得很緊，好像裏

面困着一隻猛
獸，隨時都會
衝出來似的。

　　這天是節目
正式錄影的一天，
大家都準時來到，
為錄影作最後的
準備。

　　當大家都各就各位後，
鍾老師興奮地拍一拍掌，
朗聲地說：「各位同學，我們
終於可以正式開機拍攝了，而我們第
一幕要拍攝的，就是圖書介紹！」

根據講稿上的次序，首先出場的是周志明。

周志明的對白不多，主要就是向觀眾介紹圖書及作者名稱，所以他很快便完成任務。

接下來，便輪到張佩兒接棒。

由於張佩兒是負責介紹圖書的內容，所以她的對白比其他人都更多、更複雜。對於向來口齒伶俐的她來說，絕對是輕而易舉的事。

然而，不知為什麼，她今天的狀態似乎不是很好，不是忘詞就是聲量或表情不對，短短兩、三分鐘的影

片，都得三番兩次重拍，一直到午休時段結束時，仍然未能完成她這部分的拍攝，只能留待下次再繼續拍攝。

負責片末介紹圖書借閱方法的黃子祺，一直坐在旁邊乾等了大半天，卻始終沒有機會出場，忍不住氣呼呼地道：「這就是冠軍級的水平嗎？明知今天要正式拍攝，也不在家好好練習，白白浪費大家的時間，也太不負責任了吧？」

張佩兒感到很不好意思，連忙着急地解釋道：「對不起，我其實已經把講稿背得滾瓜爛熟，可是不知為什

麼，當我真正面對鏡頭時，心情就是莫名其妙的緊張，無法發揮出正常的水準，實在很對不起呢！」

向來都是模範生的張佩兒，在眾人面前連番失誤，本來已感到十分難受，現在再被黃子祺如此冷嘲熱諷，心裏更是萬般委屈，頓時忍不住眼睛一紅，一顆晶瑩的淚珠，已沿着臉頰滑下來。

負責燈光效果的張浩生見她如此難過，很不忍心，立刻挺身維護她道：「黃子祺，你這樣說對佩兒很不公平！當主持人本來就不容易，要面

對鏡頭說話就更是不簡單，而且還是第一次做，誰能不出一點差錯？」

　　許立德也插嘴道：「依我看，你分明就是妒忌她！」

　　其他同學雖然默不作聲，但臉上的表情，都明顯地透露着對黃子祺的不滿。

　　「怎麼了？難道我說錯了嗎？」黃子祺見大家不但不怪張佩兒，反而把矛頭指向自己，不禁既無辜又氣

憤，只好惱羞成怒地說：「好好好，
她做什麼都是對的，錯的是我，這樣
行了吧！」

第七章 角色扮演

　　自從那次跟張佩兒鬧得不愉快後，黃子祺對於拍攝活動早已意興闌珊，無奈自己答應了鍾老師，不能不負責任地隨便退出，只好勉強繼續參與拍攝。幸好由他負責的部分不多，很快便可以功成身退，暫時不必再參與拍攝工作。

　　然而，累積在他心中的委屈，始終無法消除。他很想另找機會跟張佩兒再一較高低，不過她本來就是高材生，各科成績都名列前茅，他苦思了

很久，卻始終找不到自己有什麼強項能與她匹敵。

難道我真的那麼差嗎？

剎那間，他感到有點心灰意冷，平日最愛跟同學們打鬧的他，一下子沉靜了許多。

這天午飯後，他呆坐一旁，不知在想什麼想得入神，卻猛然發現有人鬼鬼祟祟地蹲在

他身後。

「誰？」他嚇了一跳，慌忙轉身一看，原來是周志明和胡直。

「你們在幹什麼？」他詫異地問。

周志明不敢站起來，只暗中向他招一招手，古古怪怪地低聲道：「這

位兄弟，情況危急，請容許我們躲一躲！」

與此同時，謝海詩氣急敗壞地從外面跑進來，然後不停地東張西望，似乎要尋找什麼，兇巴巴地對着空氣

大喊：「你們兩個鼠竊狗偷，連本小姐的東西也敢偷？看你們往哪裏躲！」

「怎麼回事了？你們該不會是偷東西了吧？」黃子祺一驚，正猶疑着是否該舉報他們的時候，只見高立民

和文樂心正急步地向他們的方向跑來。

　　高立民手上握着一把尺子，邊走邊把尺子攔在胸前作掩護，並煞有介事地吩咐身後的文樂心道：「聽好了，我數三聲，然後分頭行事！」

「遵命！」文樂心恭敬地回答。

見到這兩位小冤家忽然如此合拍，黃子祺摸不着頭腦，終於忍不住開口問：「唏，你們到底在搞什麼鬼？」

「噓！」文樂心立刻把食指放在唇邊，緊張地悄聲道：「小朋友，

我們是專門緝拿犯人的警探，這兒有疑犯窩藏，非常危險，你別留在這兒了，趕快回家吧！」

看到文樂心這副故弄玄虛的神情，黃子祺更是一臉迷糊。

終於，胡直忍不住笑出聲來，突然站起身道：「我們是在玩角色扮演遊戲呢，我和周志明是小偷！」

謝海詩輕哼一聲，雙手交叉在胸前道：「我是家中失竊的苦主，我要捉拿這兩個可惡的小偷！」

李海沙挺一挺身子，擺出一副嚴肅的樣子道：「我是公正嚴明、鐵面

無私的大法官，我一定會秉公審理，絕不徇私！」

黃子祺這才恍然大悟，想不到他們的演技也挺好啊！

他見大家玩得投入，不免有些心動地問：「這個遊戲看來很有趣，可以讓我加入嗎？」

「可是，我們這個兵捉賊的故事太簡單，不太可能添加新角色啊！」高立民苦惱地搔着頭。

黃子祺沉思片刻，忽然靈光一閃道：「噢！我記得上圖書課時，徐老師曾經介紹過《西遊記》的故事，當

中的角色很多，可以讓更多的同學參與啊！」

「咦，聽起來不錯啊！」文樂心欣喜地點頭。

謝海詩側着頭，思考着說：「《西遊記》是長篇小說，我們應該選哪一段故事來演呢？」

黃子祺沉思了好一會道：「在《西遊記》的故事中，有一段講述他們師徒來到火焰山，孫悟空為了要把火焰山的火撲滅，曾三度向鐵扇公主借芭蕉扇。我覺得這段情節最精彩，不如我們就選這一段情節好嗎？」

「這個主意很好啊！」大家聽得連連點頭。

　　能夠得到大家的認同，黃子祺頓時興致盎然，主動提議道：「不如我先回家把故事簡略地整理一下，弄明白故事的情節及角色後，我們才正式開始吧！」

第八章　故事劇場開鑼了

　　這天午飯過後，黃子祺捧着一份由他改寫的故事稿子，大踏步地走上講台，以大導演的姿態向大家説：「各

位同學，故事劇場正式開鑼了！我們的第一步，當然就是要選角色。請問有誰願意參與演出？」

　　高立民第一個搶着說：「我要做孫悟空！」

　　黃子祺點點頭道：「你的身形比較瘦小，身手也靈活，的確挺適合當孫悟空。」

胡直趕緊舉手道：「我的身形既壯碩，力氣又足，當沙僧就最合適不過啦！」

文樂心也急忙地接着道：「我要當鐵扇公主！」

　　「我不太愛說話，跟唐僧就最相似了！」馮家偉說着，他的臉頰已不禁泛紅。

　　吳慧珠也不甘落後地道：「那麼就讓我來當牛魔王吧！」

「不對不對！」周志明搖搖頭，笑嘻嘻地糾正道：「豬八戒才最適合你啊，嘿嘿！」

吳慧珠臉色一沉，冷冷地瞪着他道：「周志明，你說什麼？你才是當豬八戒的最佳人選呢！」

謝海詩連忙笑着打圓場道：「大家不必爭了，反正就是個遊戲而已，我們可以每天輪流交換角色啊！」

　　聽到海詩這麼一說，大家也就再無異議，並開始按照黃子祺所編的故事排演起來。

　　雖說只是一場遊戲，但黃子祺對於大家的每個動作、表情和對白都力求完美，認真的程度，跟正式站在舞台上演出沒什麼兩樣。

　　正當他們都全情投入在演出當中，鄰班的張浩生和許立德剛巧路過，發現他們居然在演戲，都好奇地停下來觀看。

　　漸漸地，圍觀的同學越來越多，

當看到精彩之處時，大家都會不約而
同地歡呼喝采。

喝采之聲，就像一點小火舌，瞬
間點燃起大家對演戲的熱情，演出也
就更賣力了。

由於演出大獲好評，到了第二天
中午，當他們的故事劇場再次開鑼
時，門外早已聚集大批看熱鬧的同學。

扮演孫悟空的高立民握着一把長

尺子，半蹲着身子，擺出預備接招的姿勢，跟扮演牛魔王的吳慧珠在互相對峙。

身為導演的黃子祺，正全神貫注地看着二人的演出，忽然聽得門外有

人在喊他。

他回頭一看，原來是鍾老師。

黃子祺心中頓時咯噔一下，不禁有些心虛地低聲說：「鍾老師找我會有什麼事？難道是為了張佩兒被我氣哭的事，來找我興師問罪的吧？」

他輕歎一口氣。雖然自問自己並未做錯什麼，但假如鍾老師真的要追究，他除了認錯外，還能做些什麼？

第九章　一鳴驚人

　　當黃子祺緩緩地來到鍾老師跟前，低着頭作好要挨一頓教訓的心理準備，鍾老師卻只微微一笑，指着正在演出的同學們道：「你們演的這幕『孫悟空三借芭蕉扇』，聽說是由你改編的，是嗎？」

　　黃子祺一時搞不懂鍾老師的意思，只好老實回答道：「我只是跟大家鬧着玩，就用原著的故事，隨便地亂編了一下而已。」

　　「隨便亂編也能如此生動，很好

啊！」鍾老師驚喜地點點頭，「看到你們的演出，我忽發奇想，想邀請你把這段故事，重新改寫成一個十五分鐘的短劇，正式放上舞台演出，你覺得你能做得到嗎？」

黃子祺的心裏霎時「撲通」一跳，有點興奮、有點緊張，但更多的卻是惶恐。

他慌忙地擺着手解釋道：「我只是純粹鬧着玩，把書

中的情節略作改動，我可從來沒有真正寫過劇本啊！」

鍾老師理解地一笑道：「沒關係，你可以先參照現有的故事，嘗試替人物配上合適的對白，然後我再教你如何修正。只要你對自己有信心，一定可以做得到的！」

臨離開前，鍾老師笑着補充一句，「另外，為免工作量過大，你可以先放下主持人的工作，專心做好劇本。我打算把這個短劇安排於早會時段，以直播的形式，在『閱讀嘉年華』的節目中播出，你要加油啊！」

聽到「直播」二字，黃子祺心頭一熱，雖然腦袋空空的沒什麼把握，但還是不假思索地答應道：「好的，我一定全力以赴！」

然而，他對這件事的信心不大，話才剛出口便已經想反悔。

正在玩扮演遊戲的同學們早就停了下來，好奇地擠在教室門邊探頭探

腦，鍾老師一走，便立刻一擁而上，齊聲嚷道：「嘩，黃子祺要當大編劇了！」

黃子祺托着頭，一臉發愁地說：「別鬧了！我剛才一時熱血上湧，衝口而出答應了，可我從來沒有寫過劇本呢！」

謝海詩連忙反駁他道：「沒寫過又如何？你這是不鳴則已，一鳴驚人呢！」

高立民也鼓勵地說：「連鍾老師都稱讚你，你還怕什麼？別忘了你還有我們呢！」

「對啊，我們一定全力支持你！」同學們齊聲說。

有一班好同學支持，黃子祺才略為心安，立刻拉着大家圍坐在一起，開始把他們早已演練過好幾回的故事情節，重新提出來逐一討論。

文樂心首先熱烈地提議道：「鐵扇公主之所以拒絕借扇，是因為恨孫悟空令她失去兒子紅孩兒。我覺得她其實也挺可憐的，我們可以嘗試加強這方面的情節，讓大家能更清楚故事的來龍去脈！」

江小柔也托着頭，思考着說：「孫

悟空跟牛魔王決鬥時，如果只是互相拳來腳往，好像沒什麼意思，倒不如加入一些有趣的情節，反而會更精彩啊！」

聽完她們的意見後，黃子祺靈機一觸地說：「如果我把孫悟空和牛魔

王的比武，改編成用下棋、書法等方式一較高下，你們說好不好？」

「嘩，聽起來挺新鮮啊！」吳慧珠拍掌稱讚道。

扮演孫悟空的高立民，一揮手中的長尺，樂呵呵地笑道：「好極了，

這樣我就不必整天捧着金鋼棒，很累呢！」

謝海詩望了高立民一眼，笑道：「拜託，你手握的只是輕飄飄的尺子，可不是金鋼棒啊！」

看着大家歡樂地互相開玩笑，黃子祺也跟着開懷大笑，之前的失落與不快，早已煙消雲散。

既然下定決心，當天下課後，黃子祺便急忙地跑進學校圖書館，借來一本《西遊記》故事書，把孫悟空借扇的情節，認真地重新細閱一遍。

難得老師委以重任，黃子祺當然

不敢怠慢，即使到了周末，仍然坐在書桌前埋頭苦幹。

為了讓故事多添幾分幽默感，他還試着自創許多使人發笑的對白。當他每次想到有趣的點子，都會一邊寫，一邊忍俊不禁地「咔咔」的笑起來。

旁邊的黃媽媽見他笑得可疑，不免疑惑地問：「阿祺，你整天都在忙什麼？該不會是在幹什麼壞事吧？」

「我哪有？」黃子祺揚起手中的稿子，「你看，我是在寫故事呢！」

「什麼故事？」黃媽媽好奇地接過稿子讀起來。

看着看着，她不禁睜大眼睛，一

臉難以置信地問：「這故事真的是你自己創作的嗎？」

「當然了，這還能有假？」黃子祺有些自豪地笑。

「原來我兒子是個天才作家呢！」黃媽媽驚喜萬分。

「媽媽，拜託你別這麼誇張好嗎？」黃子祺嘴裏這樣説，心裏卻是甜在心頭。

第十章　老師也瘋狂

　　黃子祺好不容易完成劇本，興沖沖地把劇本交給鍾老師，滿懷期望地等待着鍾老師對劇本的評價。

　　「咦，你改編了故事啊！」鍾老師讀完劇本後，只說了這麼一句，然後陷入沉思。

　　黃子祺見老師遲遲沒有回應，原本滿滿的自信開始崩塌，心想：糟糕，難道我不應該擅自改編？

　　好一會後，鍾老師抬頭望着他，故意拖延着說：「改動後的情節……

很好！故事被你這麼一改，倒是變得
更新穎和緊湊得多了！」

「耶！」黃子祺開心得手舞足蹈。

鍾老師邊說邊揚了揚劇本，「我

先幫你稍作修改，然後才正式排練。趁此空檔，你可以邀請有興趣的同學參與演出，讓他們作好心理準備。」

黃子祺樂不可支，立刻一蹦一跳地跑回教室，向同學們公布這個好消息，並且拿着劇本，走到台前詢問

道：「由於新劇本的情節比之前豐富，除了原有的角色外，我們還增添了靈吉菩薩、土面公主和紅孩兒等三個角色，請問有誰願意幫忙？」

　　還沒有扮演任何角色的江小柔、謝海詩和李海沙同時踴躍舉手。

「好極了！」黃子祺十分高興，
「既然如此，那麼就由江小柔當靈吉
菩薩，謝海詩當玉面公主，而李海沙
就當紅孩兒吧！」

　　角色分配完畢後，身為孫悟空的
高立民忽然騰空一跳，雙手在胸前掃

了掃，裝出孫悟空的口吻說：「老孫
自當竭盡所能，保證不會丟師父的面
子！」

　　扮演唐僧的馮家偉立刻配合地雙
手合十，一本正經地道：「悟空果然
是好徒兒！」

大家都被他們逗得捧腹大笑。

接下來的兩個月，同學們在鍾老師的指導下，由剛開始時經常忘詞、走錯位等混亂情況，到慢慢適應下來，繼而漸入佳境，大致達到鍾老師要求的水平。

在正式演出前幾天的一個中午，他們來到四樓的禮堂，預備進行最後的綵排。

他們剛跨門進去，卻發現除了鍾老師外，徐老師、麥老師等幾位老師都同時在場。

「見到老師們來了，你們必定感

到很驚訝吧？」鍾老師神秘地一笑，「這可是我們特意為你們準備的驚喜啊！」

「什麼驚喜？」他們連忙好奇地追問。

鍾老師微笑着說：「這兩個月來，你們如何艱苦地訓練，老師們都看在眼內。為了表示對你們的支持和鼓勵，老師們決定粉墨登場，在最後一幕中，以天兵天將的身分客串演出。」

「老師居然破天荒跟我們一起玩呢！」同學們都樂壞了，整個後台霎時掌聲雷動。

對於身為編劇的黃子祺來說，這更是一種榮耀，他感動得紅了眼睛。

這時，站在人叢中的徐老師走上前來，晃了晃手中的一個金屬圈，笑眯眯地問道：「你們知道我是扮演什麼角色嗎？」

「我知道！」

謝海詩立刻舉手搶答，「是腳踏風火輪的哪吒太子！」

站在徐老師旁邊的麥老師，把手中一座塔樓形狀的模型往空中一舉，挑戰地笑着問：「那麼，你們又能猜得出我是誰嗎？」

江小柔篤定地笑着說：「你手上拿着的是七寶玲瓏塔，那麼你就是托塔天王李靖啦！」

「你們的準備功夫果然充分，對《西遊記》裏面的角色都瞭如指掌呢！」徐老師稱許地點點頭。

同學們得意極了，異口同聲地笑

着回答：「當然啦！」

　　就在這時，有幾位同學走進來，文樂心一看，詫異地説：「那不是張佩兒嗎？她怎麼也來了？」

　　高立民白了她一眼道：「大驚小怪幹什麼？她是『閱讀嘉年華』的節目主持，我們的短劇也是節目中的一部分，她身為主持人，當然得幫忙直播啊！」

　　情緒仍然高漲的黃子祺看到張佩兒，不禁暗暗地跟自己説：「終於有機會再跟她同台較量了，這次你一定要好好表現啊！」

第十一章　天衣無縫

到了正式演出當天，一眾老師及同學們一大早便齊集禮堂，換上了戲服及妝容，隨時待命。

身為編劇的黃子祺更是不容有失，不斷走來走去，檢查各種道具及程序，唯恐有什麼遺漏。

穿着一身哪吒服飾的徐老師，上前輕搭他的肩膊，微笑着安慰

道具

道：「現在已經不是身為編劇的你該
操心的時候，你應該放鬆心情，好好
享受大家努力的成果，餘下的事情，
就交給演員吧！」

不一會，直播正式開始了。

主持人張佩兒率先來到台前，從容不迫地對着鏡頭介紹道：「《西遊記》是中國古典四大名著之一，內容是講述唐僧四師徒出發西行，在經歷

各種困難後，成功取得經書的故事。今天我們很榮幸邀請到我們的老師和同學們，為大家演繹《孫悟空三借芭蕉扇》的一段故事，請大家細心欣賞。」

張佩兒話剛説完，台上的燈光一轉，早已站在後台預備的同學，開始依次出場。

首先登場的，正是由馮家偉、高立民、周志明和胡直飾演的唐僧四師徒。緊接下來，就輪到飾演鐵扇公主的文樂心。

文樂心穿着一套衣袂飄飄、色彩

繽紛的長裙，捧着一把比她的身高還要長的芭蕉扇，裝模作樣地一搧，英姿颯颯地向孫悟空喊話：「潑猴，你害了我兒子，還想借我的芭蕉扇？你休想！」

　　扮演孫悟空的高立民，即時舞動
閃亮的金鋼棒，大喝一聲道：「你若
不肯借，便先吃我一棒！」

「大師兄，我來幫你！」飾演豬八戒的周志明，抓起一把長而帶齒的釘鈀，一鼓作氣地衝上前去。

「娘子別怕，我來了！」扮演牛魔王的吳慧珠提着寶劍趕過來。

在黃子祺的改編下，故事裏的角色先是以下棋和書法等作比拼，然後唇槍舌劍一番，最後再一同揮動兵器對打起來。

原本一切進行得很順利，然而就在他們揮動兵器時，吳慧珠手上的寶劍，不知如何竟勾到了旁邊的一條電線，舞台上的燈光霎時全部熄滅，整

個舞台陷入黑暗之中。

　　一直坐在台下，目不轉睛地看着演出的黃子祺大吃一驚，「怎麼回事了？」

　　糟了，在教室觀看着直播的同學

們，見到屏幕忽然漆黑一片，必定會
感到莫名其妙啊！

　　黃子祺焦急萬分，但又無計可
施，只能站在旁邊乾着急。

　　就在這緊要關頭，張佩兒拿着

麥克風，不慌不忙地走到漆黑的舞台前，以輕鬆的語調説：「各位同學，你們見到舞台的燈光忽然全部熄滅，一定會感到很奇怪吧？其實他們正在為大家預備另一場更精彩的演出呢！到底會是什麼？請大家拭目以待啊！」

就在張佩兒説着這番過場式的解説時，負責燈光的張浩生及鍾老師已悄悄地趕上前，利用這電光火石的瞬間，合力把電源重新連接。

文樂心、高立民、吳慧珠等人的應變能力也很強，他們匆匆交換了

一個眼神，很有默契地迅速變更位置。待得燈光重新亮起的一剎那，他們已經擺好新的表情和姿態，預備把劇情推進到下一幕。

在這短短一瞬間，他們的演出銜接得天衣無縫，令所有觀看直播的同學，完全看不出任何破綻。

第十二章　最佳拍檔

終於來到戲劇的最高潮了！

扮演哪吒的徐老師、托塔天王

的麥老師及扮演其他天兵天將的老師

們，全部華麗登場！

　　平日衣着平實、端莊的老師們，忽然穿上造型獨特的戲服，化身成為大家耳熟能詳的故事角色，令所有同學們都感到既新奇又興奮。

　　老師們現身的一剎那，即使身處於四樓禮堂內的黃子祺，也能清晰地聽到樓層間此起彼落的尖叫聲。

　　演出圓滿結束後，鍾老師拉着
黃子祺來到舞台中央，笑容滿臉地對
着鏡頭說：「這次演出能圓滿成功，
除了要多謝同學及老師們的賣力演出

外，更要特別感謝負責編寫此故事的黃子祺同學。全賴有他的創作，才會有這齣精彩短劇的誕生，讓我們以熱烈的掌聲感謝他。」

台下雖然沒有現場觀眾，但轟然的歡呼喝采聲，仍然從四方八面的教室傳來。

站在台上的黃子祺，想起自己先前的沮喪及近幾個月來的努力，頓時百感交集，張嘴想要說什麼，喉嚨卻不知被什麼堵塞住，除了含糊地說聲「謝謝」外，什麼話也說不出來。

鍾老師理解地微微一笑，話題一

轉道：「當然，我們也不能忘了今天的另一位大功臣，那就是我們的節目主持人張佩兒！」

鍾老師把張佩兒拉到身旁，搭着她的肩膊道：「今天是藍天電視台成立以來第一個直播節目，由於經驗不足，剛才直播期間，曾經發生了一些狀況，全靠張佩兒臨危不亂，演出才不致中斷。」

張佩兒漲紅了臉，連忙擺着手笑道：「我只是誤打誤撞，老師能快速解決問題才是最關鍵的！」

她的能力與謙虛贏得了大家一致

好評，就連一直視她為假想敵的黃子祺，也不得不心悅誠服。

直播結束後，黃子祺緩緩地來到她身邊，有點不好意思地說：「當初你被選為節目主持人的時候，我是有點不服氣的。不過，經過剛才的意外後，我看到你處變不驚，反觀自己手足無措，實在令我感到慚愧。到今天我才明白什麼是『天外有天，人外有人』。以前是我太自以為是，真的很對不起！」

張佩兒趕忙搖搖頭道：「你能把故事編寫得比原著更幽默逗趣，才是

真正的天才呢！」

　　黃子祺摸着後腦勺，難為情地呵呵
笑道：「不是啦，我只是隨便胡編的！」

　　這時，文樂心、高立民、胡直等
人正好步下台階，剛好聽到他們的對

　　話，高立民忍不住取笑道：「好啦好啦，你們就別再互相稱讚了，你們都是天才，行了吧？」

文樂心笑着道:「你們一個會説,一個能寫,如果你們合作做節目,必定會是最佳拍檔!」

江小柔也笑着附和道:「絕對是天作之合啦!」

黃子祺和張佩兒被大家這樣一唱一和,弄得尷尬不已,正不知該如何反應時,忽然聽到一把聲音,「誰是天作之合?」

大家回頭一看,原來正是鍾老師,連忙順勢向他提議。

鍾老師聽到大家的建議後,回頭看了黃子祺和張佩兒一眼,帶點挑戰

的意味問：「你們有什麼想法？有信心接受這個挑戰嗎？」

　　黃子祺和張佩兒不約而同地點點頭，爽快地答應道：「當然沒問題啦！」

　　二人說完後，忍不住相視而笑。

鬥嘴一班 學習系列

- 每冊包含《鬥嘴一班》系列作者卓瑩為不同學習內容量身創作的 全新漫畫故事，從趣味中引起讀者學習不同科目的興趣。
- 學習內容由不同範疇的專家和教師撰寫，給讀者詳盡又扎實的學科知識。

本系列圖書

中文科

漫畫故事創作：卓瑩
學科知識編寫：宋詒瑞

介紹成語的解釋、典故、近義和反義成語，並提供實用例句和小練習，讓讀者邊學邊鞏固成語知識。

漫畫故事創作：卓瑩
學科知識編寫：宋詒瑞

介紹常見錯別字的辨別方法、字義、組詞和例句，並提供辨字練習，讓讀者實踐所學，鞏固知識。

常識科

漫畫故事創作：卓瑩
學科知識編寫：新雅編輯室

透過討論各種常識議題，啟發讀者思考「健康生活、科學與科技、人與環境、中外文化及關心社會」5 大常識範疇的內容。

數學科

漫畫故事創作：卓瑩
學科知識編寫：程志祥

精心設計 90 道訓練數字邏輯、圖形與空間的數學謎題，幫助讀者開發左腦的運算能力和發揮右腦的創造潛能。

定價：$78 / 冊

鬥嘴一班
誰的本領大？

作　　者：卓瑩
插　　圖：步葵
責任編輯：葉楚溶
美術設計：陳雅琳
出　　版：新雅文化事業有限公司
　　　　　香港英皇道 499 號北角工業大廈 18 樓
　　　　　電話：(852) 2138 7998
　　　　　傳真：(852) 2597 4003
　　　　　網址：http://www.sunya.com.hk
　　　　　電郵：marketing@sunya.com.hk
發　　行：香港聯合書刊物流有限公司
　　　　　香港新界大埔汀麗路 36 號中華商務印刷大廈 3 字樓
　　　　　電話：(852) 2150 2100
　　　　　傳真：(852) 2407 3062
　　　　　電郵：info@suplogistics.com.hk
印　　刷：中華商務彩色印刷有限公司
　　　　　香港新界大埔汀麗路 36 號
版　　次：二○二○年七月初版

ISBN: 978-962-08-7561-8
© 2020 Sun Ya Publications (HK) Ltd.
18/F, North Point Industrial Building, 499 King's Road, Hong Kong
Published in Hong Kong
Printed in China